VACA

bruna betito

URUTAU
outubro de 2023

O —
editora Urutau

avenida peirao besada, 6 – 2D
36163 poio-pontevedra
(espanha)

rua cajus, 478
jardim das cerejeiras, cotia — sp
brasil
06724-015

[+55] 11 95608 8983 [brasil]
[+351] 928053619 [portugal]

www.editoraurutau.com.br
contato@editoraurutau.com.br

[EDITORES]
tiago fabris rendelli & wladimir vaz
[COORDENAÇÃO DE REVISÃO]
debora ribeiro rendelli
[REVISÃO]
marcella sarubi
[DIAGRAMAÇÃO]
victor h. azevedo

dados internacionais de catalogação na publicação (CIP) de acordo com ISBD

Betito, Bruna
B563v VACA / Bruna Betito. - Cotia : Urutau, 2023. 52 p. ; 12cm x 16,5cm.

ISBN: 978-65-5900-600-7

1. Literatura brasileira. 2. Teatro. 3. Dramaturgia. I. Título.

2023-3390 CDD 792
CDU 792

Elaborado por Odilio Hilario Moreira Junior - CRB-8/9949

sumário

A vaca é o céu, a vaca é a terra;
a vaca é Vixenu e Prajapati;
o leite ordenhado saciou
os Sadhya e os vasni
Nela reside a ordem divina.

FRAGMENTO DOS VEDAS

Não tive relações sexuais com aquela mulher.

BILL CLINTON

DRAMATURGIA

Entrada do público. Ouvimos a música "Bad Reputation", de Joan Jett. Na plateia, uma faixa zebrada de "Não Ultrapasse" faz com que o público se posicione dentro do palco. Luz geral. A atriz adentra o palco, ofegante.

PRÓLOGO

ATRIZ

Ok, então, estamos no Apocalipse! Nós temos muitas teorias sobre o fim dos tempos: tremores de terra, algum efeito cósmico, vulcões, pandemias… mas o que eu vejo aqui são prédios caindo, pessoas correndo em câmera lenta, fumaça, luzes piscando, sangue, muito sangue e, claro, zumbis.

Então eu vou dividir vocês em dois grupos, aqui no palco (*atriz anda pelo público de forma a dividi-los em dois grupos*). Podemos fazer um corredor, assim. Daqui para cá, vocês serão os zumbis do Apocalipse. Daqui para lá, vocês serão os seres humanos morrendo no Apocalipse. Como que isso vai funcionar? Simples. Os zumbis querem comer o cérebro dos humanos, certo? Os zumbis se movimentam meio que em câmera lenta, fazem um som meio gutural. (*a atriz dá um exemplo*) Se estiver muito abstrato, podemos pensar em algumas referências como… *The Walking Dead*, *A noite dos mortos vivos*, recentemente algumas séries coreanas e agora, bem atual mesmo, aquele do zumbi que é um fungo.

Sabem? *The Last of Us*. Enfim, cada um pode encontrar o seu zumbi interior.

Agora, o pessoal deste lado aqui. Vocês farão os seres humanos morrendo no Apocalipse, certo? Fazer os seres humanos morrendo é mais fácil, né? A referência é mais próxima da gente, podemos até dizer que é autobiográfico. Mas vamos fazer de uma forma diferente. Enquanto os zumbis tentam comer o cérebro de vocês com selvageria, vocês irão morrer lindamente. Encontrar uma forma poética. Lúdica. Cada um pode experimentar a sua própria morte. (*a atriz exemplifica*)

Então tá: os zumbis passam por aqui, os seres humanos morrendo por aqui, de forma que vocês cruzam o palco e eu…

Bom, e eu? Eu vou fazer o papel da amante. A amante. A amante está vagando pelo deserto, com muita fome e desempregada. Ela não está ligando muito para o Apocalipse. Ela passa ilesa pelos zumbis que, por algum motivo, não querem comer o cérebro dela. O que ela quer mesmo é um prato de comida.

Todos entenderam? Sim? Alguém quer trocar de grupo? Lembrem, vamos cruzar o palco e eu passo no meio, pedindo comida. Então, eu vou colocar uma música, vai ser bem rápido, eu prometo, apenas uns vinte minutinhos e já, já todo mundo vai poder sentar! (*na verdade a ação de interação dura apenas 30 segundos*)

A música que toca nesta ação da plateia é a Sagração da primavera, *de Stravinsky. O trecho escolhido é "O sacrifício".*

Gente, ficou lindo. Temos!

E depois desse caos que passamos juntos, a amante olha para a sua direita e encontra um homenzinho muito velho, de bigodes. Ele oferece a ela uma marmita de peixe. A amante, mesmo sendo vegetariana, devora aquele alimento, mas, antes que termine, o peixe se transforma em um pote de esperma. A amante, então, insere o pote de esperma dentro da própria vagina.

Então, tudo para.

Começa uma chuva.

Bem fininha.

A amante está grávida.

Agora nós teremos um corte brusco.

Ninguém mais é zumbi, ninguém mais é um ser humano morrendo. Estamos todos em uma festa. Luz de festa, música de festa! E, para a gente entrar bastante no clima, eu vou distribuir cervejas para todos! Grátis! Vários tamanhos e marcas, garantam a sua!

Depois que todos se servem de cervejas, a atriz continua.

Para este momento, eu preciso de alguém para fazer o papel da MULHER NÚMERO 1. (*a atriz procura entre o público*) Essa mulher não pode se parecer comigo. Tem que ser bem diferente. Pode ser você! (*convida alguém da plateia, geralmente alguém muito semelhante a ela, se contradizendo*)

Então como vai funcionar?

Todo mundo vai dançar na festa e você, MULHER NÚMERO 1, vai ficar me olhando. Ou seja, você fica olhando para a amante. Que sou eu, aqui. Quando a música parar, eu peço que você leia este texto aqui para mim. (*a atriz mostra o texto apenas para a mulher escolhida na plateia*). Tudo o que estiver em letras maiúsculas, eu peço, por favor, que você fale muito alto, com muita raiva da amante. Você está puta da vida com ela, comigo. E daí, no final do texto, eu peço que você faça o que está escrito na rubrica. Pode fazer, já está combinado com todos aqui. (*não está*)

Ok? Juro que essa parte está no final e logo, logo vamos sentar.

Vamos lá, dançando!

Festa. Música "Maria Magdalena", de Sandra Cretu. Bem anos 1980. Globo de festa colorido. Duração: 30 segundos.

A música para. Amante e MULHER NÚMERO 1 estão frente a frente. Foco de luz na ação das duas.

MULHER NÚMERO 1 (mulher escolhida da plateia, segurando uma cerveja)
Você é uma pessoa horrorosa! Por que você fez isso? As suas amigas sabem o tipo de pessoa que você é? Você trepou com o meu marido, sua V A C A!!!!! Eu vou DESTRUIR você! SUA VACAAAAA! Você perguntou para ele se ele podia fazer isso? Você sabe quantos anos eu tenho? COMO É QUE EU VOU CONTAR ISSO PARA A MINHA MÃE? Você é má, merece passar fome e que ninguém mais queira trabalhar com você! Eu espero que ELE TE TRAIA TAMBÉM PARA VOCÊ SEN-

TIR COMO É BOM! V A C A! Você acha que você é feminista? VOCÊ NÃO TINHA O DIREITO!!!!! (*agora, a MULHER NÚMERO 1 joga todo o conteúdo da cerveja na cabeça da amante*)

Nesse momento, começa a música "Amante não tem lar", de Marília Mendonça. foco de luz na atriz, encharcada de cerveja. A faixa de "Não Ultrapasse" da plateia é cortada, o público senta-se. A amante fica sozinha.

CONFISSÃO

Este diálogo é projetado no fundo do palco, sincronicamente com um áudio, gravado com um celular. Não há nada mais cena, apenas a projeção.

Áudio gravado dia 4 de novembro de 2019, na Igreja da Consolação, São Paulo.

PADRE
Em nome do Pai, do Filho e do Espírito Santo. Quanto tempo faz desde a sua última confissão?

ATRIZ
Faz muitos anos... Eu tenho vinte e oito... a minha última foi na... na... Crisma.

PADRE
Você é casada? Solteira?

ATRIZ

Solteira. Eu estou muito arrependida. É que eu me envolvi com um homem casado.

PADRE

E ele era casado e você praticamente a amante dele.

ATRIZ

Eu fui a amante dele.

PADRE

Você acabou sendo assim, de certa forma, a outra.

ATRIZ

Sim.

PADRE

E se submeteu a isso. Aí você pensa…

ATRIZ

Você acha que eu sou culpada? Eu tenho culpa?

PADRE

Não… Veja. Se ele… Você teria culpabilidade… Quer dizer, a culpa existe. O erro existe. Você se relacionou com alguém que já tinha um matrimônio, não sei se ele era casado na Igreja ou não, mas ele tinha uma relação e então você entrou. Você foi a terceira pessoa que começou a enfraquecer aquilo que já estava fraco. Nesse meio tempo, nas brechas que ele deixou, você entrou. Aquilo que já não estava bom, foi piorando. Mais alguma coisa?

ATRIZ

Não.

PADRE

Então me dê suas mãos, feche os olhos. Em nome do Pai, do Filho e do Espírito Santo, amém. Vá e reze um Pai-Nosso e dez Ave-Marias.

PUNIÇÃO

Uma espécie de dança Via Crucis.

Antes de começar a dançar, são projetadas algumas imagens da Via Láctea em movimento circular.

Vou tentar descrever um movimento do meu corpo em algumas palavras, mas elas não serão suficientes.

Talvez, uma coisa boa seja você colocar a trilha sonora dessa parte. Vamos repetir a música que tocamos para os zumbis no início da peça, porém, agora, será na íntegra, uns três minutos em média: Sagração da primavera, *de Stravinsky, somente a parte "O sacrifício".*

No mito original, essa parte da música representa a história de uma virgem que é escolhida para o sacrifício. Com a morte dela, a colheita da comunidade será próspera.

Eu estou encharcada pela cerveja que me foi jogada.

Eu posso escorregar.

A coreografia é bem difícil de executar e exige muito esforço físico.

É uma peregrinação ou punição.

Tem inspiração direta na coreografia criada por Nijinsky. Você também pode jogar isso no Google, é muito bonito e estranho.

São muitos saltos com posições dos braços que parecem flechas. É um pouco caricato. É uma mulher tentando fugir. Eu acho que é.

Eu termino de dançar completamente exausta e sem fôlego.

É dessa forma que o texto a seguir será dito em cena:

BATISMO

ATRIZ

Então, eu estou no Apocalipse. Eu sinto muita fome e estou desempregada. Ando pelas ruas e vejo muita fumaça, luzes piscando, pessoas correndo em câmera lenta, sangue e zumbis. Os zumbis não me veem. Eu passo por eles, ilesa. Meu estômago dói. Eu encontro então um homem muito pequeno, velho, de bigodes e ele me oferece uma marmita de peixe, sorrindo. Eu pego a marmita e nela tem uma etiqueta com o meu nome. Eu como aquela comida, mas o que resta dela se transforma num líquido branco e pegajoso. A minha mão fica coberta por esse líquido e eu insiro a mão inteira dentro da minha vagina. Então, tudo para. Eu estou grávida! Vejo uma luz intensa e branca vinda dos céus. Alguém chama o meu nome, eu procuro e não encontro ninguém. Eu procuro até a manhã do terceiro dia e não encontro ninguém. Então o céu se abre como um papiro e aparece um portão imenso e muito bonito, dourado. Ele se abre e eu enxergo vários anjos tocando trombetas. Eu sou sugada para dentro desse portão e, de repente, eu me vejo em uma festa. Na festa, tem uma macieira no centro da pista de dança. Eu ainda sinto muita fome e como a maçã. Uma mulher aparece, com uma cerveja na mão, grita o meu nome. Essa mulher veste uma roupa de pelo de camelo e um cinto de couro. Ela estava comendo mel silvestre misturado com gafanhotos. Ela grita. Ela me olha nos olhos profundamente, como se esperasse uma resposta. Eu não digo nada. Eu tento falar, mas não consigo. Ela me batiza. Naquele momento, eu pensei "Eu merecia algo pior". Então, de novo, eu escuto o meu nome e olho para os céus. O sol ficou preto e a lua vermelho-sangue. Um dos anjos tocou a trombeta e então ele apareceu... o Cordeiro, dizendo: "Filha, fuja do pecado como uma serpente, porque, se você se aproximar, será mordida! Nada de bom habita em vós, apenas o pecado". Dito isso, o Cordeiro abre os sete selos e eu vejo muitos cavalos correndo, a toda velocidade. O centro da Terra se abre, sugando muitas pessoas para dentro dele, e eu consigo ver que lá dentro tem um monstro gigante, com corpo de gafanhoto, cara humana, dentes de leão, dez chifres e uma coroa. Ele me encara. Eu me jogo e o monstro me segura, me abraça. Faz um sinal na minha testa, algo que eu não consigo identificar, então, eu durmo.

Blackout.

ESPERMA

Projeção no fundo do palco com o poema abaixo. Nada mais em cena, apenas a projeção.

"Que me tragam o esperma
Alguém tem que trazê-lo
Em um seringa
O esperma dos meus amantes
Para que eu possa injetar
Preciso saber que faz parte do meu corpo
Que eles se misturem com o meu sangue
Os queridíssimos em uma seringa
Quero ter algo mais do que uma recordação
Algo mais do que um sonho
Quero ter um itinerário no meu sangue
O itinerário do esperma e a fé no esperma
Eu sem isso não posso viver
Preciso saber que há algo neles
Dentro de mim
Uma só partícula

Algo que circula dentro de mim
Dia e noite
Dia e noite
Dia e noite
Isso é o que eu quero
Esperma no meu corpo de joelhos
Mas não o trazem
Não
Não"
Angélica Liddell
Ou deste poema:
"A brancura da vaca,
branca como o leite,
branca como o esperma
a Via Láctea é um jato de esperma
espiral de gozo masculino
esperma na minha boca
o nascimento do bezerro com a sua boca pura
suplico, de joelhos:
me tranque num estábulo,
ficarei nos quatro apoios
ruminando
sem dizer uma palavra
porque V A C A não fala.

serei a sua vacina,
antes de morrer,
antes do sacrifício,
antes do Juízo Final,
eu quero o último pote de esperma
para introduzir,
dele me transformarei em leite
e posso alimentar uma nação.
eu confesso,
segurando os meus chifres:
EU SOU A V A C A FECUNDA!
eu posso te saciar completamente."

RESSURREIÇÃO

A atriz está na posição de quatro, imóvel, apenas movimenta os olhos, sem mover a cabeça. O texto a seguir é um off.

Dias depois eu acordo e sinto um peso. Meu corpo é pesado, os meus seios quase tocam o chão, minha pele está coberta de pelos e eu não consigo me levantar dos quatro apoios. No lugar de mãos e unhas, eu tenho um casco duro. Escuto o meu nome. Eu não consigo responder, porque V A C A não fala. Eu faço força. Não consigo. Um anjo aparece, segura a corda que prende o meu pescoço e me leva até uma caverna. Ela tem uma porta de pedra na frente, mas está aberta. Eu tento falar, mas vaca não fala. Eu entro na caverna. Vejo uma mesa de pedra com um pano branco. Eu me lembro de tudo agora. Então eu me atiro aos seus pés, lambo cada uma de suas feridas. A minha língua é grande e áspera. Eu encharco os pés de Cristo com a minha saliva e seco com o meu pelo duro. Ele me olha, misericordioso. E me diz: Não Me toque! Corra e conte a boa-nova!

Para saber qual é a "boa-nova", digite no Google: "O caso da macaca Capitu no Jornal Nacional + YouTube".

SANTA CEIA

ATRIZ

Está aberto o Fórum das Amantes, ou Juízo Final, como preferirem.

Enquanto este texto é dito, é trazida ao palco uma mesa comprida com 13 cadeiras. Na mesa, temos muitas cervejas, uvas e pão para serem compartilhados. Taças com ornamentos de chifres de arame.

Na última vez em que estávamos juntas, vocês disseram que gostariam de saber mais sobre mim. Então vou contar aqui alguns pontos da minha biografia que me parecem ter algum cruzamento com a peça que estou tentando encontrar. Quando eu era pequena, domingo era dia de ir à missa. Fui batizada, catequizada, recebi a Primeira Comunhão e a Crisma. Era a aluna mais inteligente do catecismo e sempre respondia às questões mais difíceis que o padre nos fazia. Mas, em lugar de acompanhar a missa, me concentrava nas imagens expostas na igreja e amava a ovelha doente, o Sagrado Coração trespassado de flechas agudas, o pobre Jesus, que cai caminhando com a cruz e passava horas com a boca semiaberta tentando penetrar no olhar de tédio e êxtase das santas. Durante a Quaresma, tentei, por mortificação, permanecer um dia inteiro sem comer, mas não consegui. Procurava em minha cabeça algum tipo de promessa que pudesse cumprir. Um dia, a minha professora de catecismo disse que algumas pessoas têm uma tendência maior para as tragédias e que eu parecia ser uma delas, pois meu temperamento era mais sentimental do que artista e agia como se procurasse emoções por toda a parte. De fato, eu somente gostava do mar por causa das tempestades e rejeitava como inútil tudo o que não contribuísse para o consumo imediato do meu coração. A humildade cristã me extenuava de orgulho e me fazia saborear o prazer de ser fraca.

Quando chegava a hora da confissão, inventava pequenos pecados a fim de ficar lá mais tempo, de joelhos na sombra, de mãos juntas. As falas do padre sobre um amante celeste de casamento eterno provocavam-me no fundo da alma doçuras inesperadas.

Também gostaria de começar dizendo que, neste exato momento, em todos os cantos do mundo, alguém está traindo ou sendo traído, pensando em ter um caso, aconselhando alguém que está no meio de um ou completando o triângulo amoroso como amante secreto. Uma vez me disseram que "a monogamia é a vaca sagrada do amor romântico".

As complexidades do amor e do desejo não se submetem a categorizações simplistas de bom ou mau, vítima ou culpado. Mas quero dizer que, ao não condenar o adultério, não quero dizer que o aprovo.

Apesar da condenação geral, a infidelidade tem uma tenacidade que ao casamento só resta invejar. A tal ponto que é o único pecado que tem dois mandamentos na Bíblia: um por consumá-lo e outro só por pensar nele. A esse respeito, quero aproveitar com isso e dizer que, tecnicamente, eu não cometi nenhum pecado, porque está muito evidente nas escrituras que "Não cobiçarás a MULHER do próximo". Eu não cobicei mulher nenhuma, eu cobicei o HOMEM da próxima. Portanto, como devemos entender esse tabu consagrado pelo tempo? Universalmente proibido e universalmente praticado?

Abro então os trabalhos. E ao final, ao som das trombetas dos anjos, eu gostaria que chegássemos ao veredito, ao JUÍZO FINAL. Para tanto, gostaria de realizar uma breve pesquisa de opinião com os participantes aqui presentes.

Mas, antes, precisamos compor o nosso júri (*aponta para a mesa de 13 lugares*). Esse júri deverá ser composto por mulheres. Doze mulheres. (*projeção no fundo do palco com a imagem da pintura* A *última* ceia, *de Leonardo da Vinci*)

Para isso, eu vou convidar algumas de vocês para se sentarem à mesa comigo. Fiquem tranquilas que não é tão interativo assim, o pior já passou!

Vocês não precisarão falar nada, apenas sentar! Inclusive, vocês poderão comer este pão de fermentação natural e beber deste cálice de cerveja orgânica.

E, como eu não quero expor ninguém a nada, eu nem mesmo vou perguntar o nome de vocês. Porém, caso eu precise recorrer a vocês de alguma forma, já que vocês serão as juradas, eu criei umas plaquinhas com alguns nomes fictícios e eu posso chamar vocês por esses nomes. São eles: Tadeusa, Matheusa, Pedra, Simõa, Tiaga, Tiaga (Filha de Zebedeia), Joana, Bartolomeia, Tomeia, Andreia, Filipa e, claro, Judaísa.

À *medida que as placas com estes nomes são entregues, as mulheres que as receberam sentam-se à mesa na ordem exata que encontramos no quadro* A última ceia, *de Leonardo da Vinci.*

Pronto, essas são as nossas juradas da noite. (*aponta para a mesa cheia de mulheres, bebida e comida*)

Vocês podem perceber que tem uma folha de papel e uma caneta na frente de vocês. Por quê?

Bom, como este é um assunto polêmico e de interesse popular, as juradas hoje poderão abrir os ouvidos, e quem sabe até mesmo o coração, para a opinião pública. Como vai funcionar?

Ao restante do público, que não está à mesa, eu peço que respondam algumas perguntas com SIM ou NÃO. Não trabalhamos com talvez. E daí as juradas poderão anotar nesta folha as respostas e isso pode interferir, ou não, no veredito final de vocês. Por exemplo, "ah, na pergunta um tiveram quarenta sins, trinta nãos etc.". Mas, juradas, se não quiserem fazer nada, se quiserem apenas beber e comer, tá valendo também. Vocês é que mandam!

Aqui, para o público que vai responder, também não quero expor ninguém a nada, então eu elaborei um método de resposta anônima. Como em um jogo de truco, eu vou criar alguns códigos entre uma pergunta e outra e eu peço que vocês os utilizem. Parece complicado, mas é só um jogo de pergunta e resposta e vamos entendendo juntos. Todo mundo pronto?

Ok, então, vamos lá! (*todas as perguntas são projetadas no fundo do palco*)

1 - INFIDELIDADE: SIM OU NÃO.

Bom, o código aqui é: se você acha que sim, você pisca! Se você acha que não, você não pisca.

Espaço aberto ao improviso entre atriz, público e apóstolas na Última ceia.

2 - ALGUÉM AQUI JÁ FOI AMANTE OU ESTEVE DENTRO DE UM TRIÂNGULO AMOROSO?

Vamos manter aqui o mesmo código da pergunta anterior, porque ainda estamos aquecendo.

Espaço aberto ao improviso entre atriz, público e apóstolas na Última ceia.

3 - VOCÊ TERIA UM CASO SE SOUBESSE QUE JAMAIS SERIA PEGO?

Agora que todos já pegaram o jeito, vou mudar o código. Se você acha que sim, mexe o ombrinho. Um leve espasmo, assim. Se você acha que não, não se mova. Ah, mas qual ombro? Depende, não quer que a pessoa do lado esquerdo veja a sua resposta, faça com o ombro direito e vice-versa.

Espaço aberto ao improviso entre atriz, público e apóstolas na Última ceia.

4 - ANALISE AS SEGUINTES FRASES:
"Quem foi traído, traidor será"
"Quem traiu, será traído"

Com base nessas duas afirmações, podemos concluir que:
A - SIM, a lei do carma é infalível (do inglês: Karma is a bitch)
B - NÃO sou capaz de opinar.

Bom, para essa pergunta, o código é: peço que todos fechem os olhos. Se você acha que sim, você levanta a mão. Se você acha que não, apenas fique aí, de olhos fechados. Sem roubar, por favor, precisamos ser fiéis às regras.

Espaço aberto ao improviso entre atriz, público e apóstolas na Última ceia.

5 - A MONOGAMIA É A V A C A SAGRADA DO AMOR ROMÂNTICO?

Aqui eu peço a repetição do código anterior. Olhos fechados, pensa que sim, mãos levantadas, pensa que não, olhos fechados, em estado meditativo.

Espaço aberto ao improviso entre atriz, público e apóstolas na Última ceia.

6 - BATE-PAPO ON-LINE É TRAIR? A saber, enviar mensagens eróticas, mandar nudes, continuar secretamente em aplicativos de paquera, pornografia em geral

Bom, aqui, se você acha que sim, eu peço que você faça *UHUUUUUUL* e se você pensa que não eu peço que você diga *SHIIIIIIIII.*

Espaço aberto ao improviso entre atriz, público e apóstolas na Última ceia.

7 - TRAIU, ACABOU?

Se você acha que sim, peço que você levante e dê um pulo, se você acha que não, eu peço que você bata palmas.

Espaço aberto ao improviso entre atriz, público e apóstolas na Última ceia.

8 - É POSSÍVEL SER AMANTE E FEMINISTA?

Essa é a última. Se você acha que sim, eu peço o silêncio. Se você acha que não, peço que me diga: "Não!".

Espaço aberto ao improviso entre atriz, público e apóstolas na Última ceia.

Bom, gente, só um minuto que eu vou deliberar com as juradas.

A atriz inicia uma conversa misteriosa apenas com as apóstolas-juradas. Ninguém sabe o que é dito ali, ouve-se um burbu-

rinho, risadas, algumas palavras que saltam. Elas brindam a algo que é pensado na hora, improvisado. Treze mulheres bebem cervejas em taças ornamentadas com chifres feitos de arame. A atriz leva as juradas a formarem um círculo ao lado da grande mesa. Ali, o público também não tem informações sobre o que acontece. A atriz está dizendo às juradas que é chegado o momento do veredito. Elas terão um minuto para que, de comum acordo, encontrem o veredito. A atriz explica que poderá ser o que elas quiserem, mas que deve ser unânime entre elas, e que esse veredito será mostrado ao público no fim da peça. A atriz retorna à mesa, deixando as juradas conversando.

As nossas juradas já estão na sala especial para deliberar o nosso resultado, o nosso veredito, o nosso Juízo Final. Elas têm um minuto para fazerem isso de comum acordo. Então, um minuto.

No decorrer deste um minuto, a atriz abre uma marmita na qual está escrito "peixe". Enquanto as juradas escrevem o veredito, a atriz come a marmita e é projetado no fundo do palco um esquema parecido com o patético power point do Deltan Dallagnol. Pode ser uma boa dar um Google, caso você não saiba qual é, vale a pena, vai render boas risadas. No nosso power point, está assim:

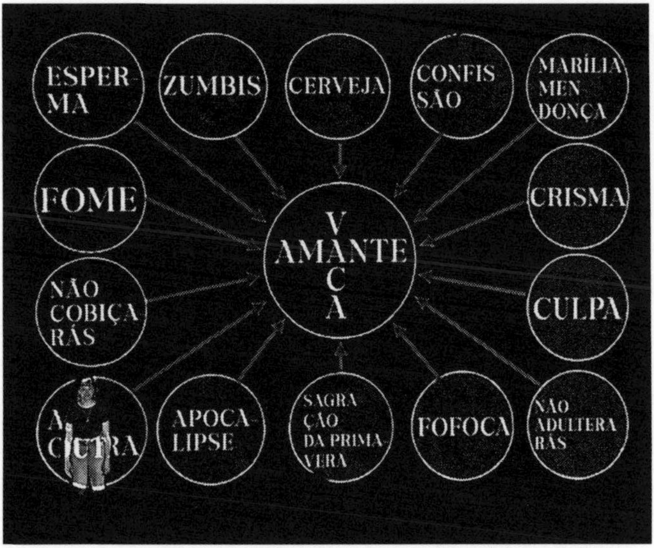

Passado um minuto, as juradas entregam um papel para a atriz. Nele está escrito o seu julgamento final. A atriz guarda, as juradas retornam ao seus assentos na plateia.

Eu já tenho aqui a resposta, o nosso veredito, e já vou mostrar para vocês.

Mas antes... vocês já ouviram falar no mito da Io?

Ela era uma das amantes de Zeus. Ele, com medo que sua mulher Hera descobrisse o caso, encobriu todo o planeta com uma nuvem para que ela não enxergasse nada. Mas Hera, desconfiada, desceu do Olimpo e foi à procura do marido. Zeus então transforma Io em uma vaca, branca como o leite. (*aqui, a atriz começa a se pintar com tinta branca*) Hera, mesmo assim, continua desconfiada daquela situação e acha muito estranho o interesse de Zeus por aquele animal. Hera pede então a vaca de presente. Zeus não tem como negar um presente tão simplório para a sua esposa e então o animal é levado junto a Hera. Io fica presa, sob a vigília de Argos, um monstro, com mais de cem olhos, que nunca dorme. Io sofre muito, muito, tenta estender os braços para pedir ajuda, tenta falar, mas não consegue, porque vaca não fala. Um dia Zeus, com piedade da amante, manda Hermes matar Argos para libertá-la. Ele, de fato, consegue. Io foge, uma fuga marítima. Hera imediatamente descobre e envia uma espécie de inseto para ficar picando Io incessantemente em sua fuga. Ali, em meio ao oceano, completamente sozinha, ainda em vaca, Io encontra Prometeu, acorrentado a uma rocha. E ela pede a ele, em muito sofrimento, para que acabe com a vida dela. O titã diz a ela que isso não é possível, porque Io precisa cumprir o seu destino, que é: alcançar o Egito, lá ela será restaurada a sua forma humana por Zeus, e eles teriam um filho. Esse filho seria o primeiro de uma linhagem que culminaria em Hércules, responsável pela libertação do próprio Prometeu. Para além disso, Io, no Egito, é considerada um das encarnações da deusa Ísis. Uma das representações dessa deusa é a cabeça de uma vaca. Ela faz a passagem dos seres humanos para o além-vida e esse caminho é através da Via Láctea. É como se as quatro patas da vaca sustentassem o céu, e ali, na região das tetas, estivessem as estrelas da Via Láctea.

Gente, mudando de assunto!

Eu tenho sonhado muito com o Apocalipse, né?

Eu fui pesquisar o que podia ser tudo isso. Eu vi que significa que a pessoa que está tendo esse sonho, do Apocalipse... ela não está bem (*a atriz coloca seus chifres*) e está precisando de ajuda e tal. Mas ela pode ficar tranquila, porque todo Apocalipse é positivo, ele vem para eliminar tudo aquilo que está podre e já não serve mais. Um novo ciclo vai começar. Como se um novo portal, cor-de-rosa, fosse se abrir para ela, e um mundo de amor e compaixão estivesse à sua espera. Pelo menos, foi isso o que eu li num site da UOL.

Mas o que eu acho mesmo é que isso não passa de um clichê velho de Esperança e uma busca por algum tipo de Perdão Universal.

GÊNESIS

Começa a tocar a música "Bella Ciao", um canto antifascista e pela liberdade. A atriz bebe um bom gole de cerveja, toma o veredito em suas mãos e o apresenta ao público. O que está escrito? O que você colocaria no papel? O que será escrito uma vez mais? No final deste livro, mostro algumas fotos com os vereditos que temos até o momento. Uma cabeça de vaca e-n-o-r-m-e, feita em arame, desce dos céus — que é o teto do teatro. A atriz a veste. Agora sim, é uma dança do tornar-se vaca. Vestir a cabeça, a carapuça. Pronto, é possível descansar. Enquanto isso, uma projeção ao fundo, com imagens da Via Láctea *e o texto abaixo.*

PROMETEU
Não queiras conhecer melhor teus infortúnios.

IO (segurando os chifres de novilha)
Eu quero!

Letreiro final, na projeção: ***ViA láCteA***

VEREDITOS

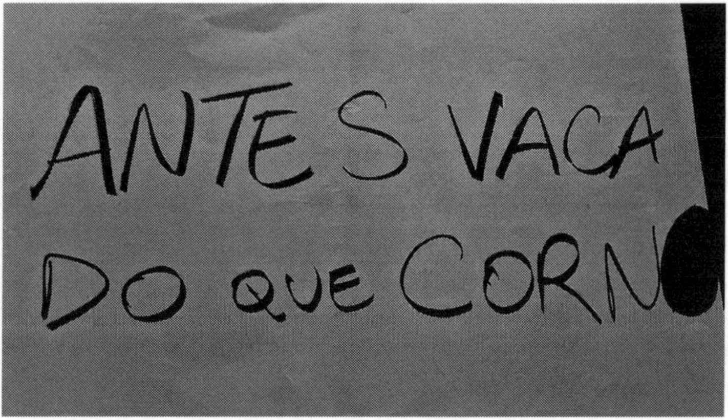

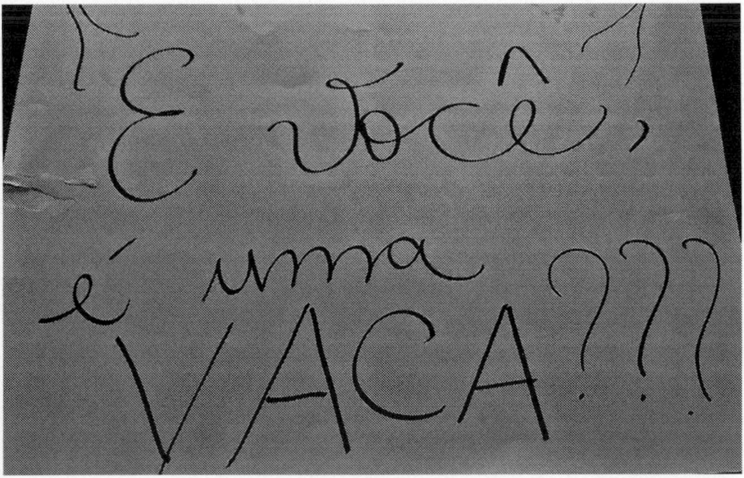
E você,
é uma
VACA???

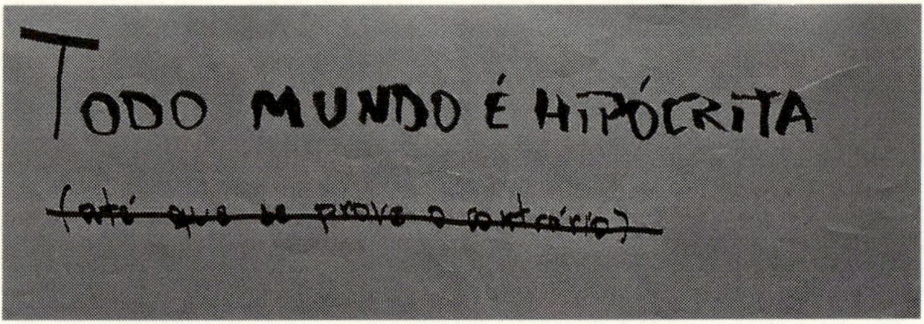
TODO MUNDO É HIPÓCRITA
(até que se prove o contrário)

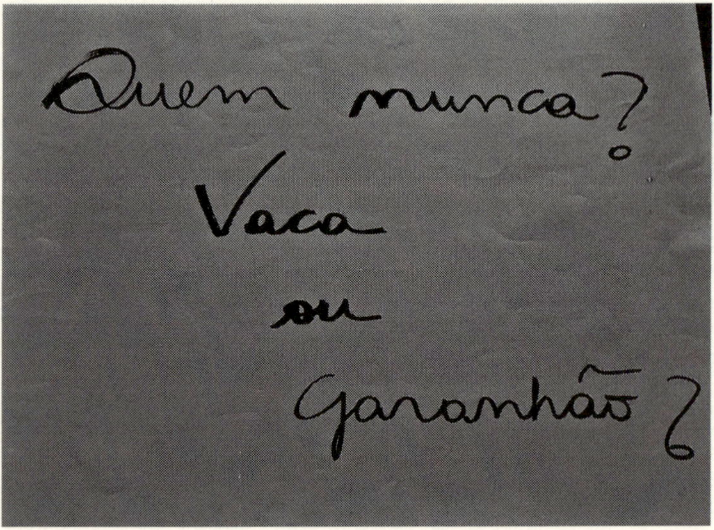
Quem nunca?
Vaca
ou
Garanhão?

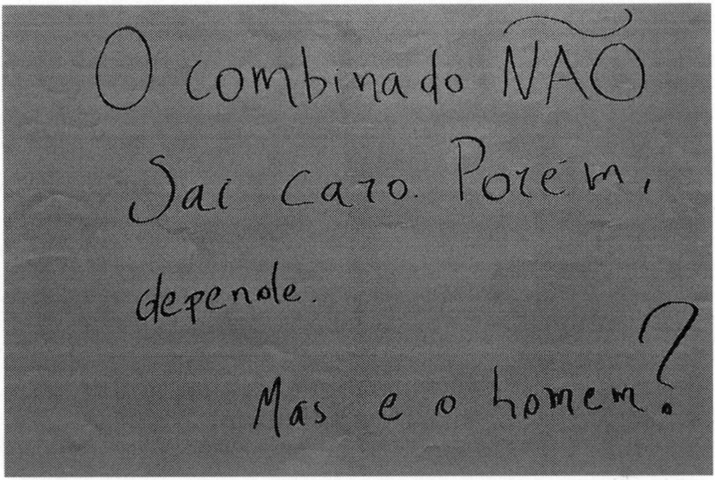
O combinado NÃO
sai caro. Porém,
depende.
Mas e o homem?

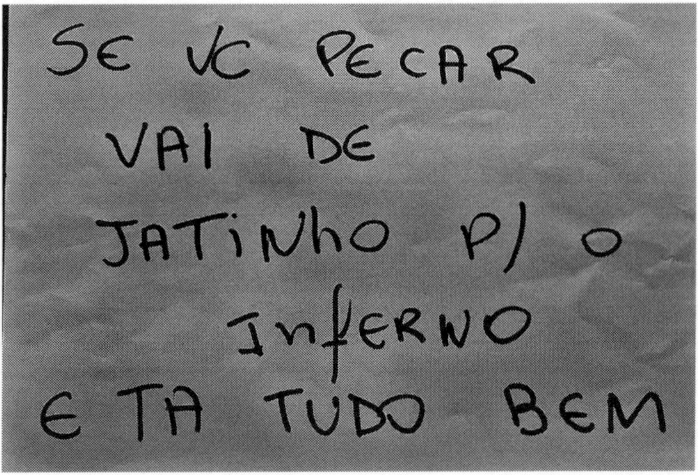
SE VC PECAR
VAI DE
JATINHO P/ O
INFERNO
E TA TUDO BEM

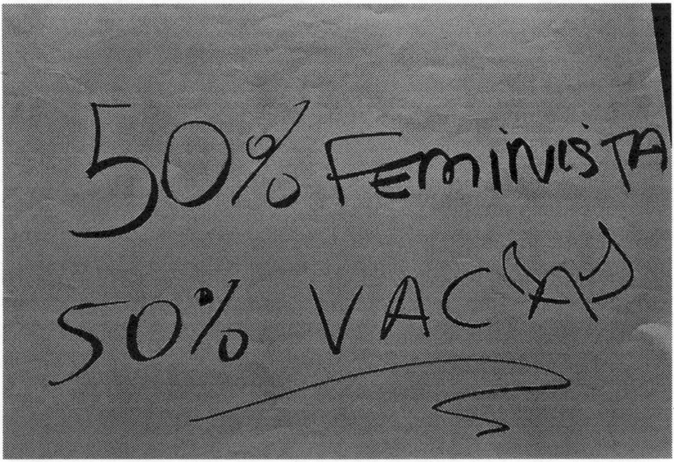
50% FEMINISTA
50% VACA

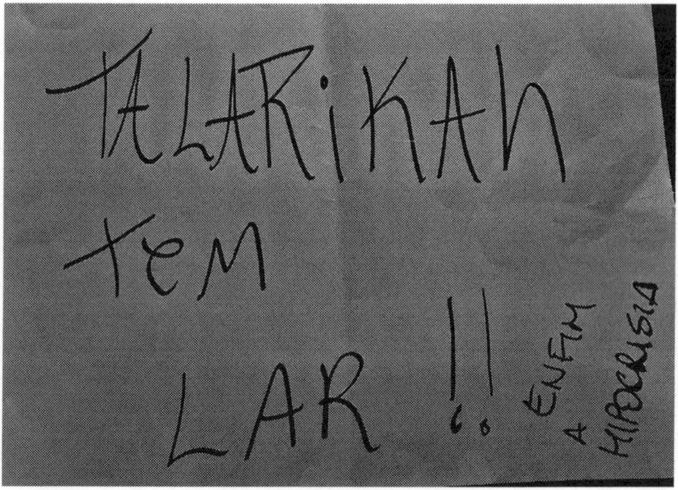
TALARIKAH
TEM
LAR !!
ENFIM
A HIPOCRISIA

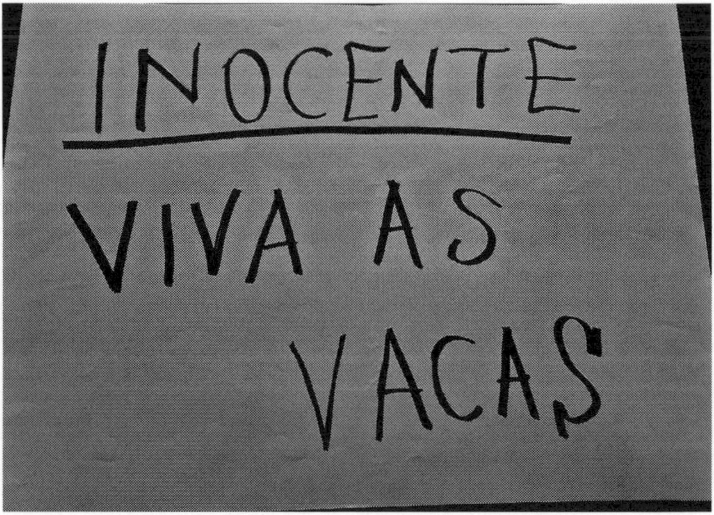
INOCENTE
VIVA AS
VACAS

Bruna Betito
é atriz, diretora e professora de teatro. Graduou-se em artes cênicas na Universidade Federal de Minas Gerais (2014). Lá, realizou pesquisas sobre a improvisação teatral, a recepção de espetáculos pelo público e a relação entre presença real e virtual. Em São Paulo estabeleceu parcerias com diversos artistas e é cocriadora da Al Borde. Suas pesquisas envolvem o teatro, a dança, a performatividade e as relações de presença entre artistas e espectadores.

FOTO DA AUTORA: ETHEL BRAGA